12 DEC. 18<s>77</s>

V

1re Vente

POUR CAUSE DE CESSATION DE COMMERCE

HOTEL DROUOT, SALLE N° 9

Le Mercredi 12 Décembre 1877

CATALOGUE

DE

ARMES ANCIENNES

FAÏENCES ITALIENNES ET FRANÇAISES

PORCELAINES DE CHINE ET DE L'INDE

OBJETS EN CUIVRE ET EN ÉTAIN

BRONZES, PENDULES

VERRERIE, IVOIRES, FERS OUVRÉS, BOIS SCULPTÉS

MEUBLES ANCIENS

TABLEAUX, DESSINS, AQUARELLES, TAPISSERIES, ÉTOFFES, ETC.

COMMISSAIRE-PRISEUR

Me CHARLES OUDART

31, rue Le Peletier

EXPERT

M. BLOCHE

19, boulevard Montmartre

EXPOSITION PUBLIQUE

LE MARDI 11 DÉCEMBRE 1877, DE 1 HEURE 1/2 A 5 HEURES 1/2

CONDITIONS DE LA VENTE

Elle sera faite au comptant.

Les adjudicataires payeront *cinq centimes par franc* en sus des enchères, applicables aux frais.

L'Exposition mettant les Adjudicataires à même de se rendre compte de l'état et de la nature des objets, il ne sera admis aucune réclamation une fois l'adjudication prononcée.

DÉSIGNATION

ARMES

1. — Deux Épées à deux mains à lames flamboyantes, fin du XVe siècle.

2. — Trois Épées avec gardes à corbeilles.

3. — Deux Épées espagnoles, gardes à coquilles dont une cannelée.

4. — Quatre Épées wallonnes.

5. — Quatre Claymores diverses.

6. — Épée avec garde à quillons droits, époque Henri IV.

7. — Épée du XVIe siècle.

8. — Quatre Épées du temps de Louis XIII.

9. — Épée vénitienne avec garde en cuivre doré.

10. — Épée de l'époque Louis XV.

11. — Trois Sabres de cavalerie.

12. — Quatre Fers de hallebardes, XVIe siècle.

13. — Fer de fauchard, XVIe siècle.

14. — Cinq Poires à poudre en corne gravée.

15. — Amorçoir en corne sculptée.

16. — Trois Mors.

17. — Fragments d'armes.

18. — Deux Dagues.

19. — Cabasset gravé, époque Henri III.

20. — Amorçoir en fer cannelé, XVIe siècle.

21. — Casque orné d'une pièce de renfort sur la bombe, XVe siècle.

22. — Casque anglais.

23. — Ceinturon composé de plaques de cuivre gravé et doré et un autre garni en étain.

24. — Deux Étriers de mules.

25. — Fléau en fer forgé.

26. — Heurtoir avec sa plaque en fer forgé.

27. — Couteau de chasse à pistolet.

28. — Épée vénitienne gravée et dorée.

29. — Baïonnette en fer forgé.

30. — Cuirasse unie, XVIe siècle.

31. — Masse d'armes, XVIe siècle.

32. — Crenequin gravé.

33. — Grande Hallebarde en fer forgé.

34. — Armure orientale composée d'un casque, une cotte de
mailles, bouclier et brassard.

35. — Épée indienne à brassard gravé.

36. — Deux Sabres persans.

37. — Sabre indien et deux fissales.

38. — Deux Fusils sardes, en fer repercé et gravé.

39. — Fusil espagnol, canon damasquiné d'or.

40. — Fusil prussien.

41. — Deux Canons de fusil.

42. — Hache orientale, damasquinée d'or.

43. — Casque persan ancien, damasquiné d'or.

44. — Quatre modèles de Canons de diverses époques.

45. — Poire à poudre en fer repoussé offrant comme sujet
principal un combat, époque Henri IV.

46. — Criss malais oriental.

FAÏENCES, PORCELAINES

47. — Trois Plaques, décor à paysages, en faïence de Castelli.

48. — Deux Plaques, décorées de paysages, en faïence de
Castelli.

49. — Plaque ronde décorée d'un paysage en faïence de Castelli.

50. — Soupière en porcelaine de l'Inde.

51. — Soupière en porcelaine moderne.

52. — Soupière en faïence, décor à fleurs.

53. — Soupière en faïence d'Avignon.

54. — Dix-sept Plats en faïence française, décorés de devises.

55. — Beau Saladier, décoré de l'*Arbre d'amour*.

56. — Soixante Assiettes diverses, décor à devises.

57. — Sucrier en faïence de Marseille.

58. — Potiche en faïence de Delft.

59. — Pot à eau en porcelaine de l'Inde.

60. — Deux Cruches en grès.

61. — Deux Dragons en porcelaine de Chine.

62. — Trois Manches de couteau en porcelaine de Saxe.

63. — Six Tasses en porcelaine de Chine.

CUIVRES, ÉTAIN

64. — Deux Appliques repoussées, style Louis XIII.

65. — Brûle-parfums flamand en cuivre ciselé et repercé.

66. — Couvre-feu repoussé Louis XIII.

67. — Marmite en métal de cloche à fleurs de lys, grand
modèle.

68. — Marmite unie, XVIe siècle.

69. — Deux Couvre-plats en cuivre rouge repoussé.

70. — Bassinoire en cuivre repoussé.

71. — Cage hollandaise.

72. — Lanterne vénitienne et repoussée avec verres gravés.

73. — Quatre Fontaines flamandes en cuivre rouge et repoussé. (Seront vendues séparément.)

74. — Bouilloire à deux becs, fin du XVIe siècle.

75. — Bouilloire en cuivre repoussé.

76. — Deux Aiguières orientales en cuivre, avec leurs plateaux.

77. — Deux Flambeaux de voyage gravés et fleurdelisés.

78. — Deux Flambeaux en cuivre argenté Louis XV.

79. — Deux Plats en cuivre repoussé.

80. — Plat en galvano argenté.

81. — Tourne-broche en forme de lyre.

82. — Râpe à fromage.

83. — Petite Bouilloire en cuivre rouge repoussé.

84. — Paire de Flambeaux gravés.

85. — Flambleau oriental gravé.

86. — Flambeaux divers.

87. — Réchaud repoussé.

88. — Deux Robinets ciselés représentant des tritons, époque Louis XIII.

89. — Boîte à amadou gravé.

90. — Fontaine en étain, genre de *Briot*.

91. — Cafetière en étain Louis XV.

92. — Vase en forme de casque.

93. — Deux Plateaux Louis XV et une petite Bouteille.

94. — Moule à gaufres en fer.

95. — Paire de Mouchettes.

96. — Pied de ciboire repoussé Louis XV.

97. — Jardinière en vernis de Martin.

VERRERIE

98. — Trois Flacons en verre, XVIᵉ siècle.

99. — Carafon en verre gravé.

100. — Verre à surprise.

101. — Sucrier en verre de Bohême.

102. — Flacon en cristal à compartiments.

103. — Bouilloire en émail de Chine.

MEUBLES, OBJETS DIVERS

104. — Beau Bureau en marqueterie, pieds finement sculptés, époque Louis XIV.

105. — Bureau en marqueterie de bois, époque Louis XIII.

106. — Meuble à deux corps en bois sculpté du temps de Henri II.

107. — Bureau en acajou et cuivre Louis XVI.

108. — Table à pieds tors du temps de Louis XIII.

109. — Vitrine Louis XVI en acajou et cuivre.

110. — Écran en bois sculpté avec panneau en tapisserie, époque Louis XV.

111. — Deux Cabinets vénitiens, époque Louis XIII.

112. — Coffret à bijoux en ébène, panneaux finement sculptés en noyer.

113. — Petite Étagère époque Louis XIII.

114. — Console orientale.

115. — Soufflet en marqueterie de Boule.

116. — Instrument de musique à cordes, forme tympanon.

117. — Christ en ivoire sculpté sur croix en écaille.

118. — Christ en bois sculpté, xvie siècle.

119. — Porte-montre, forme horloge, époque Louis XV.

120. — Coffre garni en cuir gaufré et doré au petit fer.

121. — Tête de mort en bois sculpté.

PENDULES, BRONZES, FERS

122. — Paire de Chenets en bronze doré Louis XVI.

123. — Paire de Chenets en bronze, Louis XVI.

124. — Paire de Chenets en fer forgé.

125. — Deux Appliques en bronze doré, style Louis XIV.

126. — Deux Chenets en fonte.

127. — Lanterne en fer forgé et peint.

128. — Pendule Louis XVI en bronze doré, sujet guerrier.

129. — Pendule Louis XVI en marbre blanc.

130. — Pendule, forme *religieuse* Louis XIII, en écaille et
filets d'étain, ornée de bronze.

131. — Pendule Louis XIII en ébène et bronze.

132. — Autre analogue.

133. — Applique de pendule en bronze doré Louis XVI.

134. — Petit Porte-montre, forme pendule, en marqueterie de
Boule et bronze doré.

135. — Pendule en bois sculpté Louis XIV.

TABLEAUX, DESSINS, AQUARELLES

136. — Grand Tableau gothique représentant des scènes allégoriques à la vie de Jésus.

137. — Beau Dessin à la plume représentant Louis XVI et
Marie-Antoinette.

138. — Deux Tableaux offrant en bas-relief et en cire des
scènes allégoriques à la vie de Salomon. Cadres
en bois sculpté, époque Louis XIV.

139. — Dessin représentant une Fête de village.

140. — Aquarelle représentant deux personnages en costumes
du moyen âge.

141. — Tableau d'après *Charlet*, scène militaire.

142. — Tableau d'après *Watteau*, scène galante, cadre en
ébène.

143. — Tableau dans le genre de *Van der Meulen*, Soldats
en route.

144. — Pastel représentant des Joueurs flamands.

145. — Tableau ancien.

146. — Tableau représentant des enfants.

147. — Tableau représentant Saint Jean-Baptiste, époque Louis XV.

148. — Pastel représentant une tête de jeune femme.

149. — Tableau représentant des enfants, figures allégoriques de la Peinture.

150. — Pastel, portrait d'une sainte.

151. — Portrait d'un personnage, époque Henri III.

152. — Portrait d'un personnage, époque Louis XIII.

153. — Cinq Paysages, esquisses.

154. — Deux Pastels, têtes d'hommes.

155. — Autre, tête de femme.

156. — Dix-huit Tableaux divers.

157. — Cadre de Christ en bois sculpté Louis XIV.

158. — L'Académie des sciences, gravure.

159. — Deux Cadres en bois sculpté.

160. — Toile peinte à figures en pied.

161. — Carton de Gravures.

162. — Deux Bas-reliefs en plâtre Louis XVI, groupes d'enfants.

TAPISSERIES — ÉTOFFES

163. — Trois Tapisseries anciennes.

164. — Tapis d'Orient.

165. — Garniture de lit en soie brochée Louis XVI.

166. — Couvre-lit brodé, fond bouton d'or.

167. — Manteau brodé d'or et d'argent sur drap, époque Louis XV.

168. — Plusieurs Costumes en soie, époque Louis XVI. (Sera divisé.)

169. — Sac de voyage en velours rouge.

170. — Lot de passementeries en soie.

PARIS. — Impr. J. CLAYE. — A. QUANTIN et Cⁱᵉ, rue Saint-Benoît — [2215]